Concetta Pelella

Maria im Zug

AF217436

Leseheft
Deutsch als Fremdsprache
Niveaustufe B 2

1

Concetta Pelella
Maria im Zug
Leseheft Deutsch als Fremdsprache B2 Kurzgeschichte

Maria, Sprachdozentin mit italienischen Wurzeln, pendelt jede Woche nach Frankfurt, um indischen Pflegefachkräften nicht nur die deutsche Sprache, sondern auch ein Stück Kultur näherzubringen. Doch die Fahrten mit der Deutschen Bahn werden für sie zu einer Geduldsprobe voller unerwarteter Begegnungen und Momente zum Schmunzeln und Nachdenken.

Zwischen Chaos, Verspätungen und alltäglichen Ärgernissen entdeckt Maria immer wieder, was wirklich wichtig ist: menschliche Wärme, Freundschaft und kleine Momente stiller Harmonie.

Eine charmante Geschichte über das Leben zwischen Kulturen, die Liebe zu Sprachen und die Kunst, im Alltagschaos nie die gute Laune zu verlieren.

Impressum

Bibliografische Information der Deutschen Nationalbibliothek: Die Deutsche Nationalbibliothek verzeichnet diese Publikation in der Deutschen Nationalbibliografie; detaillierte bibliografische Daten sind im Internet über dnb.dnb.de abrufbar.

© 2025 Concetta Pelella

Text, Wörtererklärung und Aufgaben zum Text:

Concetta Pelella

Fotos und Illustrationen © Fotograf Luca Taukert

Für alle meine großartigen Kursteilnehmerinnen

aus Indien.

ISBN:
978-3-384-57273-8

Inhaltsverzeichnis

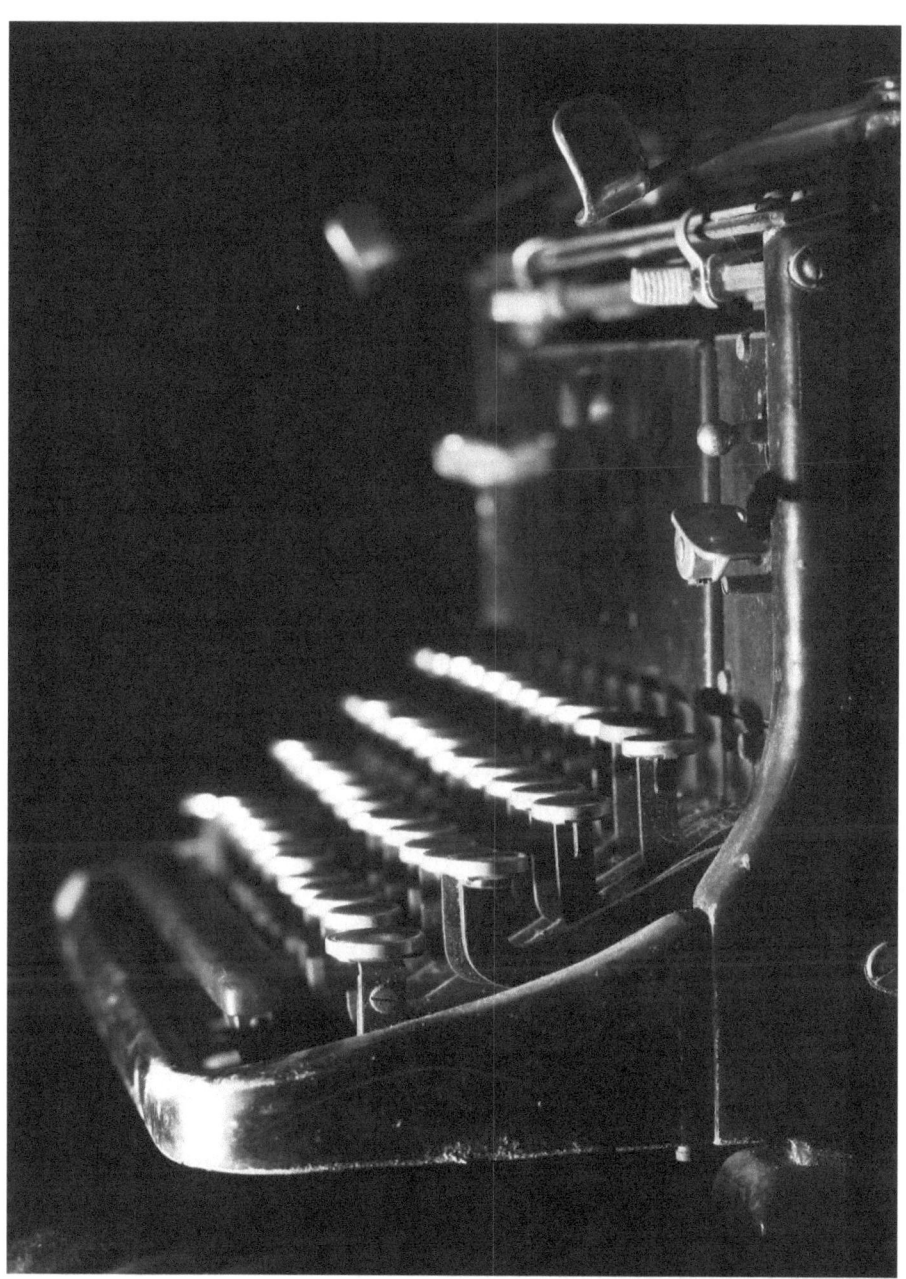

Der Wecker klingelte – 5:00 Uhr morgens. Viel zu früh, viel zu dunkel. Maria war vollkommen **übermüdet**, als sie sich mühsam aus dem Bett **quälte**. Während sie **benommen** durch die Wohnung tappte, kam langsam Bewegung in ihren Körper: Kaffee trinken, duschen, sich abtrocknen, anziehen, schminken und kämmen. Nun schnell zum Bahnhof – sie musste nach Frankfurt. **Routine** half ihr dabei.

Maria war Sprachdozentin und unterrichtete Italienisch und Deutsch. Sie liebte ihren Beruf. Ihre Eltern waren das perfekte Beispiel der Brücke zwischen zwei Kulturen gewesen und hatten Maria **bilingual** erzogen. Für Maria war jede Sprache an die Kultur eines Landes gebunden. Ihre Mutter hatte ihr schon sehr früh **die Tür zu** ihrem heutigen Beruf **geöffnet.**

Maria hatte **schulterlanges** glattes Haar, tanzte gerne fand sich aber immer zu dick und zu unsportlich, auch wenn sie seit Jahren regelmäßig stundenlang an den Wochenenden tanzte.

Maria liebte es im Sommer auf einer Bank zu sitzen, zu lesen oder zu schreiben, dabei die Jogger zu bewundern. Sie könnte niemals solch eine Disziplin aufbringen, sie blieb lieber auf der Bank an der Sonne. Im Winter litt sie still vor sich hin und vermisste die Sonne.

Sie versuchte immer organisiert zu sein, schaffte es aber nicht immer. Oftmals versank sie in ihrem eigenen Chaos.

Sie unterrichtete indische Pflegefachkräfte, die in einem neuen Land nicht nur eine Sprache lernen mussten, sondern auch eine neue Kultur, eine andere Art zu **kommunizieren**, die ihnen zunächst fremd waren. Mit Geduld, **Empathie** und einem warmen Lächeln erklärt sie die **Feinheiten** der deutschen Sprache, zeigt, wie man sich verständlich macht, wie man Vertrauen aufbaut – zu Patienten, zu Kollegen und zu sich selbst. Ihr Unterricht war lebendig, denn sie schaffte immer eine positive Atmosphäre. Sie schaffte es auch die Liebe zur Grammatik zu wecken.

Ihre Schülerinnen kamen aus Kerala. Ein Bundesstaat im Südwesten Indiens, bekannt für seine **tropischen Strände,** und grünen dichten Regenwälder. Die Region hat ein warmes, feuchtes Klima und wird oft als „Gottes eigenes Land" bezeichnet. Indien, das siebtgrößte Land der Welt, ist kulturell und sprachlich äußerst vielfältig und blickt auf eine lange Geschichte zurück. Kerala zeichnet sich durch ein starkes Gesundheitssystem und eine einzigartige Mischung aus Hinduismus, Christentum und Islam aus. Sowohl Kerala als auch Indien insgesamt sind bekannt für ihre faszinierende Kultur, köstliches Essen und lebendigen Feste. Ihre Schülerinnen waren auch sehr lebendig und brachten Leben in die Klasse.

Sprache ist nicht nur Wissen – sie ist ein Schlüssel zu einer neuen Welt. Und genau diesen **Schlüssel** gab Maria ihren Pflegefachkräften weiter, mit **Leidenschaft,** mit dem tiefen **Verständnis** dafür, dass jede noch so kleiner **Fortschritt** und Verbesserung ein großer Schritt für jemanden sein kann.

Maria verließ ihre Wohnung, eilte das Treppenhaus hinunter und trat hinaus in die eisige Kälte. Es war Anfang Februar, 6:30 Uhr mitten in der Nacht, und die **frostige** Luft schnitt ihr ins Gesicht. Sie rannte zur Straßenbahnhaltestelle – doch natürlich war die Bahn gerade vor ihrer Nase davongefahren. Fluchend hoffte sie trotzdem noch, rechtzeitig den Bahnhof zu erreichen.

Die Autoscheiben waren von einer Schicht Frost bedeckt. Sie stand zitternd in der eisigen Kälte und wartete auf die nächste Bahn, innerhalb von fünf Minuten war Maria komplett durchgefroren. Ihre Schultern waren hochgezogen, als könne sie sich so vor dem beißenden Wind schützen. Ihre Finger waren bereits steif, denn sie hatte mal wieder einmal die Handschuhe vergessen.

Endlich die nächste Bahn und sie kam gerade noch rechtzeitig am Bahnhof an.

Eine kleine Gruppe wartete bereits frierend am Gleis. Drei Menschen standen eng beieinander, dick eingepackt in Wintermäntel und Schals, aus denen nur noch ihre Augen hervorlugten. Bei jedem Atemzug stiegen kleine Rauchwolken in die kalte Morgenluft, die sofort in der Luft gefroren zu sein schienen, aber es war nur eine **optische Illusion.**
Wie jeden Montag stand sie am Bahngleis drei und wartete auf ihren Intercity. Die kalte Morgenluft hatte ihr geholfen, ein wenig wach zu werden.

Der Zug hatte **Verspätung** — wie immer. Ein älterer Mann kämpfte derweil mit dem schweren Koffer seiner Frau, der offensichtlich zu viel für ihn war. Maria beobachtete, wie die Frau ihm den Koffer abnehmen wollte, während er stur weiterzog. Schließlich gaben beide nach, schauten sich für einen kurzen Moment liebevoll an und hoben den Koffer gemeinsam an.

Für Maria war dieser Moment ein **Sinnbild** der perfekten Liebe. Nicht in großen Gesten oder romantischen Worten, sondern in der stillen, selbstverständlichen Gemeinschaft zweier Menschen, die zusammen jede Last trugen — genau wie ihre Großeltern es immer getan hatten.

Endlich, nach endlosen Minuten des Wartens und **Frusts**, fuhr der IC ein und Maria konnte endlich einsteigen.

Worterklärungen

Kapitel 1

1. **übermüdet** – Sehr müde, weil man zu wenig geschlafen hat.

2. **benommen** – Ein Gefühl von Schwindel oder Verwirrung, oft nach großer Anstrengung oder Übermüdung.

3. **quälte** (sich quälen) – Sich mit Mühe und Anstrengung bewegen oder etwas tun.

4. **Routine** – Eine regelmäßig wiederkehrende Handlung oder ein fester Ablauf.

5. **Die Tür zu ihrem Beruf geöffnet** – Eine Chance bekommen in diesem Beruf zu arbeiten

6. **Autorität** – Die Fähigkeit, andere durch Wissen oder Erfahrung zu führen oder zu beeinflussen.

7. **schulterlanges** – Das Haar reicht bis zur Schulter

8. **Empathie** – Die Fähigkeit, die Gefühle und Gedanken anderer nachzuempfinden.

9. **chaotisch** – Ungeordnet, durcheinander, nicht strukturiert.

10. **kommunizieren** – Mit jemandem sprechen oder auf andere Weise Informationen austauschen.

11. **Feinheiten** – Kleine, aber wichtige Details, zum Beispiel in Sprache oder Verhalten.

12. **Schlüssel** (im übertragenen Sinne) – Etwas, das eine Lösung oder einen Zugang ermöglicht (z. B. „Sprache ist der Schlüssel zur Integration").

15. **Leidenschaft** – Eine sehr starke Begeisterung oder Liebe für eine Tätigkeit oder ein Thema.

16. **frostig** – Sehr kalt, eisig.

17. **optische Illusion** – Eine Täuschung des Auges, bei der man etwas anders wahrnimmt, als es wirklich ist.

18. **Verspätung** – Wenn etwas (z. B. ein Zug) nicht zur geplanten Zeit kommt.

19. **Sinnbild** – Ein Symbol oder Bild, das eine tiefere Bedeutung hat.

20. **Frust** – Ein Gefühl der Enttäuschung oder des Ärgers, wenn etwas nicht so läuft, wie man es möchte.

Übungen zu Kapitel 1

Leseverständnisfragen

Was ist richtig?

Richtig oder falsch?

, ✅ Richtig, ✕ Falsch

1. Maria musste um 6:00 Uhr aufstehen, weil sie nach Frankfurt musste.,□,□
2. Sie fühlte sich übermüdet, als sie aus dem Bett aufstand.,□,□
3. Maria ist immer sehr ordentlich und organisiert.,□,□

4.Sie unterrichtet Pflegefachkräfte aus Indien, die eine neue Sprache und Kultur lernen müssen.,□,□

5. Sie glaubt, dass Sprache ein Schlüssel zu einer neuen Welt ist.,□,□

6.. Maria konnte ihre Straßenbahn ohne Probleme erreichen.,□,□

7. Es war ein warmer Februarmorgen, als Maria zur Haltestelle lief.,□,□

8. Am Gleis standen Menschen dicht beieinander, um sich vor der Kälte zu schützen.,□,□

9. Maria betrachtete ein älteres Paar, das gemeinsam einen schweren Koffer hob, und empfand dies als Sinnbild für Liebe.,□,□

10. Kerela liegt in Deutschland □,□

Lösungen Kapitel 1

R/ F

Lösungen

1. ✗ Falsch → Maria musste um 5:00 Uhr aufstehen.

2. ✓ Richtig

3. ✗ Falsch → Sie kann auch chaotisch und unordentlich sein.

4. ✓ Richtig

5. ✓ Richtig

6.. ✗ Falsch → Die Bahn fuhr ihr vor der Nase weg.

7. ✗ Falsch → Es war ein frostiger Februarmorgen.

8. ✓ Richtig

9. ✓ Richtig

10. ✗ Falsch → Kerela liegt in Indien

Multiple-Choice-Fragen zu Kapitel 1

Wähle die richtige Antwort aus (A, B oder C).

1. Wann klingelte Marias Wecker?

A) 4:30 Uhr

B) 5:00 Uhr

C) 6:00 Uhr

2. Warum fühlte sich Maria übermüdet?

A) Sie hatte schlecht geschlafen.

B) Sie musste früh aufstehen.

C) Beides zusammen.

3. Was half Maria, sich morgens fertig zu machen?

A) Routine

B) Musik

C) Ein Wecker mit Licht

4. Was ist Marias Beruf?

A) Sie ist Lehrerin für indische Pflegefachkräfte.

B) Sie ist Krankenschwester.

C) Sie arbeitet in einem Reisebüro.

5. Welche zwei Dinge müssen ihre Schüler lernen?

A) Eine neue Sprache und eine neue Kultur.

B) Deutsch und Mathematik.

C) Die deutsche Sprache und das Autofahren.

6. Was ist laut Maria ein „Schlüssel zu einer neuen Welt"?

A) Geld

B) Sprache

C) Freundschaften

7. Warum verließ Maria eilig ihre Wohnung?

A) Sie hatte verschlafen.

B) Sie musste zur Arbeit.

C) Sie wollte rechtzeitig die Bahn erreichen.

8. Wie war das Wetter an diesem Morgen?

A) Sehr kalt und frostig.

B) Mild und regnerisch.

C) Warm und sonnig.

9. Was passierte, als Maria an der Haltestelle ankam?

A) Die Bahn fuhr ihr vor der Nase weg.

B) Die Bahn hatte Verspätung.

C) Sie verpasste den Zug in Frankfurt.

10. Was machten die wartenden Menschen am Gleis?

A) Sie saßen auf einer Bank.

B) Sie standen dicht beieinander, um sich warm zu halten.

C) Sie rannten herum, um sich zu bewegen.

11. Was bemerkte Maria beim älteren Ehepaar am Bahnhof?

A) Sie hatten einen Streit.

B) Sie halfen sich gegenseitig mit dem Koffer.

C) Sie verabschiedeten sich für eine lange Reise.

12. Warum empfand Maria diesen Moment als besonders?

A) Weil sie das Paar kannte.

B) Weil es für sie ein Sinnbild der Liebe war.

C) Weil die Frau stärker als der Mann war.

Lösungen

Multiple-Choice-Fragen zu Kapitel 1

1. B) 5:00 Uhr

2. B) sie musste früh aufstehen

3. A) Routine

4. A) Sie ist Lehrerin für indische Pflegefachkräfte.

5. A) Eine neue Sprache und eine neue Kultur.

6. B) Sprache

7. C) Sie wollte rechtzeitig die Bahn erreichen.

8. A) Sehr kalt und frostig.

9. A) Die Bahn fuhr ihr vor der Nase weg.

10. B) Sie standen dicht beieinander, um sich warm zu halten.

11. B) Sie halfen sich gegenseitig mit dem Koffer.

12. B) Weil es für sie ein Sinnbild der Liebe war.

Kapitel 2

Die Luft im Waggon war **stickig.** Der Geruch erinnert sie an das Elefantenhaus, das sie mit ihren Eltern als Kind besucht hatte. Das **Abteil** war erfüllt von genervtem Gemurmel. Einige Fahrgäste hatten sich bereits **resigniert** in ihre Jacken gekuschelt und wollten schlafen.

Gerade, als sie gedankenverloren aus dem Fenster aufs Gleis starrte, fiel ihr plötzlich ein bekanntes Gesicht auf. Ihr Bekannter stand auf Gleis 3– und zu Marias Überraschung schien er sie zu suchen. Er schaute in alle Fenster. Sie winkte ihm zu, wollte aber nicht mehr aufstehen und den Zug verlassen, denn dieser konnte jede Minute abfahren. Außerdem waren die Türen schon zu.

Er schaute sie an und hatte eine Tüte mit Brötchen in seiner Hand und fuchtelte wild herum. Sie fragte sich, was ihn wohl so früh am Morgen hierher verschlagen hatte. Er hieß Stefano und schrieb ihr jeden Tag viele WhatsApp und hatte ihr seit zwei Wochen versprochen ein Honigbrötchen zum Frühstück vorbeizubringen, hatte es aber bis jetzt nie gemacht und nun stand er auf Gleis 3 und hatte eine Tüte in der Hand. Sollte das eine schüchterne Art einer Verabredung sein? Sie wurde aus ihm nicht schlau. Das Brötchen war so nah und doch so fern.

Die **Trägheit** des Abteils stand im Kontrast mit dem hektischen Winken ihres Bekannten.
Die Menschen im Abteil sahen **übermüdet** aus.Alle **starten**

auf ihre Handys
Kein Blickkontakt, keine Kommunikation.

Sie spürte, dass sie sehr genervt war. Nicht nur wegen der
Kälte, sondern auch wegen der DB und es war der Mann vor
ihr, der mit seiner Papiertüte lang und anhaltend raschelte
um ein Brötchen mit Knoblauchwurst rausholte, um
genüsslich hineinzubeißen. Wie konnte man so etwas
morgens zum Frühstück essen? Es war gerade einmal 7:30
Uhr. Der Geruch nervte sie am meisten.

Sie stand auf und suchte sich ein neues Abteil, denn sie
wollte nicht in **Ohnmacht** fallen. Schon einmal war ihr das
passiert – damals in der Schule. Sie musste an ihren
ehemaligen Kollegen denken, der sie damals, vor vielen
Jahren, freundlicherweise **aufgefangen** hatte. Dabei war er
selbst in die Knie gegangen, und zu allem Unglück war
seine Hose hinten **zerrissen**.
Die Szene war damals im ganzen Schuljahr ein Lacher und
landete sogar in der Abizeitung. Sie schüttelte den Kopf bei
der Erinnerung. Solche **Peinlichkeiten** brauchte sie heute
nicht, schon gar nicht in einem Abteil voller fremder Männer,
die alle entweder sehr laut, sehr muffig, schlecht angezogen
und nicht sonderlich sexy waren.
Ihr Bekannter stand immer noch auf dem Gleis und hatte
sein Handy in der Hand. Ihr Handy blinkte auf und sie las
seine Nachricht:

„Schade, die Tür ist schon zu, ich kann nicht zu dir, aber der
Zug fährt nicht ab. Ich gehe jetzt in mein warmes Büro und
esse die Brötchen allein."

Der Zug fuhr nicht ab! Was war los? Die Menschen hoben
ihre Köpfe von ihren Handys und fingen an miteinander zu

sprechen und die wildesten **Spekulationen** zu äußern
Endlich nach 10 Minuten knackte es in den Lautsprechern.
„Sehr geehrte Fahrgäste," begann die **monotone** Stimme,
„wir bitten um Ihr Verständnis. Aufgrund eines kurzfristigen
Personalausfalls kann der Zug nicht wie geplant abfahren.
Unser Lokführer fehlt Wir suchen derzeit nach einer
Lösung."
Ein **Raunen** ging durch den Zug. Ungläubige Blicke wurden
ausgetauscht, und dann brach ein lautes Gemurmel aus.
„Kein Lokführer? Das ist wohl der Gipfel!", **empörte** sich ein
Mann mit grauer Mütze. „Das gibt's doch nicht, wir zahlen
hier **Mondpreise** und kriegen nicht mal einen Fahrer!"

Eine ältere Dame schüttelte nur **resigniert** den Kopf.
„Früher hat so was nicht gegeben," murmelte sie. „Da fuhr
die Bahn pünktlich. Und wenn mal nicht, dann wusste man
wenigstens Bescheid."
Ein junger Mann mit Kapuzenpulli lachte bitter. „Willkommen
in Deutschland, Kein Fahrer, keine Infos, aber immer schön
zahlen."
Die Diskussion wurde lauter, immer mehr Fahrgäste
mischten sich ein. Eine Frau mit Baby auf dem Arm seufzte
genervt. „Ich habe echt keine Zeit für so was! Ich muss nach
Köln, und mein Kind braucht was zu essen!"
Ein älterer Herr, der bisher still geblieben war, **räusperte**
sich und **sagte trocken:** „Vielleicht fährt der Lokführer nach
Italien, dort funktioniert alles " Das brachte einige zum
Lachen, obwohl die Situation alles andere als lustig war.
Maria seufzte und lehnte sich zurück. Sie hatte längst
gelernt, dass man bei der Bahn nichts **erzwingen** konnte.
Entweder man regte sich auf — oder man **ergab sich dem
Schicksal** und hoffte einfach, dass es irgendwann
weiterging.Sie schrieb ihrer Klasse und informierte sie, dass

ihr Zug mal, wie so oft montags, nicht pünktlich war.

Worterklärungen Kapitel 2

1. **stickig** – Die Luft ist schlecht, feucht und schwer zu atmen.

2. **Abteil** – Ein kleiner, abgetrennter Bereich in einem Zug mit mehreren Sitzplätzen.

3. **resigniert** – Ohne Hoffnung oder Motivation; man akzeptiert etwas, ohne sich dagegen zu wehren.

4. **Trägheit** – Ein Zustand der Bewegungslosigkeit oder des Mangels an Energie.

5. **übermüdet** – Sehr müde, weil man zu wenig geschlafen hat.

6. **starren** – Jemanden oder etwas lange und ohne Unterbrechung ansehen.

7. **Ohnmacht** – Ein Zustand, in dem man für kurze Zeit das Bewusstsein verliert.

8. **aufgefangen** – Jemanden auffangen bedeutet, ihn festzuhalten, bevor er zu Boden fällt.

9. **zerrissen** – Etwas ist kaputt oder in Stücke gerissen.

10. **Peinlichkeit** – Eine unangenehme oder beschämende Situation.

11. **Spekulationen** – Vermutungen oder Theorien über etwas, das man nicht genau weiß.

12. **monoton** – Ohne Abwechslung, immer gleich klingend.

13. **Personalausfall** – Wenn Mitarbeiter fehlen und deswegen eine Arbeit nicht gemacht werden kann.

14. **Raunen** – Ein leises Murmeln oder Flüstern vieler Menschen.

15. **empören** – Sich sehr über etwas aufregen und es ungerecht finden.

16. **Mondpreise** – Übertrieben hohe Preise.

17. **räuspern** – Leise husten oder die Stimme klären, bevor man spricht.

18. **trocken** (im übertragenen Sinne) – Ohne Emotionen oder auf eine ironische Weise gesprochen.

19. **erzwingen** – Etwas mit Gewalt oder Druck erreichen wollen.

20. **sich dem Schicksal ergeben** – Akzeptieren, dass man keine Kontrolle über eine Situation hat.

Übungen zu Kapitel 2

Leseverständnisaufgaben:

Beantworte folgende Fragen

1. Beschreibe die Atmosphäre im Zugabteil. Welche Eindrücke hat Maria von den anderen Fahrgästen?

2. Warum erinnert sich Maria an das Elefantenhaus?

3. Was macht Stefano auf dem Bahnsteig, und warum ist Maria verwirrt?

4. Warum sucht Maria ein neues Abteil?

5.. Wie reagiert die Menschen im Abteil auf die Nachricht, dass der Lokführer fehlt?

6. Welche Meinungen vertreten die verschiedenen Fahrgäste über die Situation? Nenne zwei.

7. Was bedeutet die Aussage „Vielleicht fährt der Lokführer nach Italien, dort funktioniert alles"?

8. Was macht Maria am Ende des Textes, als sie erkennt, dass sie nichts ändern kann?

9. Welche Rolle spielt das Thema Kommunikation im Text?

10. Wie könnte die Geschichte weitergehen? Überlege eine mögliche Fortsetzung.

Lösungen

Leseverständnisaufgaben Kapitel 2

1. Die Atmosphäre ist stickig und unangenehm. Die Fahrgäste sind müde, resigniert und kommunizieren kaum miteinander. Viele schauen auf ihre Handys, einige schlafen oder wirken genervt.

2. Der Geruch im Waggon erinnert sie an das Elefantenhaus, das sie als Kind besucht hat. Vermutlich ist die Luft dort genauso stickig und unangenehm gewesen.

3. Stefano winkt ihr hektisch zu und hält eine Tüte mit Brötchen. Maria ist verwundert, weil er ihr schon lange versprochen hatte, ihr ein Honigbrötchen zu bringen, es aber nie getan hatte. Sie fragt sich, ob das eine schüchterne Art einer Verabredung ist.

4. Sie kann den starken Geruch von Knoblauchwurst, die ein Mitreisender isst, nicht ertragen. Es ist zu früh für solch einen Geruch.

5. Zunächst reagieren die Fahrgäste überrascht und ungläubig. Danach beginnen sie, sich lautstark zu beschweren und über die Situation zu diskutieren.

6. Ein Mann mit grauer Mütze empört sich darüber, dass die Bahn hohe Preise verlangt, aber keinen Lokführer hat.

Eine ältere Dame sagt, dass es früher solche Probleme nicht gab und man wenigstens informiert wurde.

7. Die Aussage ist ironisch gemeint. Der Sprecher macht sich über die Situation lustig und meint, dass es anderswo vielleicht besser laufen würde als in Deutschland.

8. Sie lehnt sich zurück und akzeptiert die Situation. Sie schreibt ihrer Klasse, dass ihr Zug – wie so oft montags – nicht pünktlich ist.

9. Anfangs kommunizieren die Menschen kaum und sind in ihre Handys vertieft. Erst als der Zug nicht abfährt, beginnen sie, sich miteinander auszutauschen und über die Situation zu diskutieren.

10. Die Antwort ist frei.

Multiple-Choice-Fragen zu Kapitel 2

1. Warum erinnert sich Maria an das Elefantenhaus?

A) Weil sie als Kind dort gearbeitet hat.

B) Weil der Geruch im Waggon sie daran erinnert.

C) Weil sie Elefanten liebt.

2. Wie reagieren die meisten Fahrgäste im Waggon?

A) Sie unterhalten sich lautstark miteinander.

B) Sie sind genervt, müde und schauen auf ihre Handys.

C) Sie freuen sich auf die Fahrt und sind gut gelaunt.

3. Warum winkt Stefano auf dem Bahnsteig?

A) Er möchte Maria dazu bringen, den Zug zu verlassen.

B) Er ist wütend auf Maria und will mit ihr streiten.

C) Er will ihr die Brötchen zeigen, die er mitgebracht hat.

4. Warum verlässt Maria ihr Abteil?

A) Weil sie sich an ihren ehemaligen Kollegen erinnert.

B) Weil sie den Geruch der Knoblauchwurst nicht erträgt.

C) Weil Stefano ihr schreibt, dass sie aussteigen soll.

5. **Wie reagieren die Fahrgäste, als sie erfahren, dass der Lokführer fehlt?**

A) Sie bleiben ruhig und warten geduldig.

B) Sie fangen an zu diskutieren und sich zu beschweren.

C) Sie stehen sofort auf und verlassen den Zug.

6. **Was sagt die ältere Dame über die Situation?**

A) Sie findet es lustig, dass kein Lokführer da ist.

B) Sie meint, dass es früher solche Probleme nicht gab.

C) Sie ruft bei der Bahn an, um sich zu beschweren.

7. **Warum hebt Maria nicht die Stimme und regt sich über die Verspätung auf?**

A) Weil sie bereits weiß, dass man bei der Bahn nichts erzwingen kann.

B) Weil sie zu müde ist, um sich aufzuregen.

C) Weil Stefano sie beruhigt hat.

8. Was meint der junge Mann mit Kapuzenpulli mit „Willkommen in Deutschland"?

A) Er macht sich über die schlechte Organisation der Bahn lustig.

B) Er freut sich darüber, dass die Bahn pünktlich ist.

C) Er glaubt, dass die Bahn in Deutschland immer perfekt funktioniert.

9. Was ist Marias letzte Handlung im Text?

A) Sie schreibt ihrer Klasse, um die Verspätung zu erklären.

B) Sie lehnt sich zurück und akzeptiert die Situation.

C) Sie verlässt den Zug und sucht nach einer anderen Verbindung.

10. Welche Gedanken gehen Maria durch den Kopf, als sie Stefanos Nachricht liest?

A) Sie ist sich unsicher, was er wirklich von ihr will.

B) Sie ist wütend und will nichts mehr mit ihm zu tun haben.

C) Sie freut sich über seine Nachricht und verlässt den Zug, um ihn zu treffen.

Lösungen Multiple-Choice-Fragen zu Kapitel 2

1.   *Warum erinnert sich Maria an das Elefantenhaus?*

☑ B) Weil der Geruch im Waggon sie daran erinnert.

2.   *Wie reagieren die meisten Fahrgäste im Waggon?*

☑ B) Sie sind genervt, müde und schauen auf ihre Handys.

3.   *Warum winkt Stefano auf dem Bahnsteig?*

☑ C) Er will ihr die Brötchen zeigen, die er mitgebracht hat.

4.   *Warum verlässt Maria ihr Abteil?*

☑ B) Weil sie den Geruch der Knoblauchwurst nicht erträgt.

5.   *Wie reagieren die Fahrgäste, als sie erfahren, dass der Lokführer fehlt?*

☑ B) Sie fangen an zu diskutieren und sich zu beschweren.

6.   *Was sagt die ältere Dame über die Situation?*

☑ B) Sie meint, dass es früher solche Probleme nicht gab.

7.   *Warum hebt Maria nicht die Stimme und regt sich über die Verspätung auf?*

☑ A) Weil sie bereits weiß, dass man bei der Bahn nichts erzwingen kann.

8.   *Was meint der junge Mann mit Kapuzenpulli mit „Willkommen in Deutschland"?*

☑ A) Er macht sich über die schlechte Organisation der Bahn lustig.

9.   *Was ist Marias letzte Handlung im Text?*

☑ B) Sie lehnt sich zurück und akzeptiert die Situation.

10.   *Wie könnte Maria über Stefano denken, nachdem sie seine Nachricht gelesen hat?*

☑ A) Sie ist sich unsicher, was er wirklich von ihr will.

Kapitel 3

Maria hatte lange, glatte, dunkelbraune Haare mit geradem Pony, der sanft über ihre Stirn fiel. Ihr Gesicht **strahlte** Wärme aus, sie hatte immer ein freundliches Lächeln und roten Lippen, die ihre Ausstrahlung noch betonen.

Ihre Augen waren dunkel und von **dezentem** Make-up unterstrichen. Sie trug ein elegantes schwarzes Oberteil und eine auffällige, **mehrgliedrige** Kette mit metallischen Ringen, die ihrem Look einen modernen, stilvollen Touch verliehen. Ihre Beine waren durch das regelmäßige Tanzen immer noch **wohlgeformt.** Sie war vor kurzem 64 geworden fühlte sich aber wie 54 und erfreute sich des Lebens.

Ihre Schülerinnen waren wunderschön. Maria bewunderte immer die langen Haare. und liebte die bunten Saris. Alle jungen Frauen konnten sehr gut kochen und tanzen, daher freute sich Maria auf ihren heutigen Unterricht, da sie als Hausaufgabe ihnen folgende Aufgabe gegeben hatte:

Jede Gruppe soll sich einen Tanz und eine Choreografie ausdenken, die die anderen nachtanzen sollten.

Maria saß am Fenster und starrte **gedankenverloren** hinaus. Das Bild des älteren Paares am Bahnhof ging ihr nicht aus dem Kopf. Diese stille **Harmonie** und das liebevolle Verständnis zwischen den beiden hatten etwas **Tröstliches** inmitten all der Hektik und Unzuverlässigkeit. Sie fragte sich, ob es heute überhaupt noch solche Beziehungen gab — einfach gemeinsam einen Koffer tragen, statt sich über das Gewicht zu streiten. Der Zug stand immer noch auf Gleis 3

Plötzlich riss sie ein lauter Streit aus ihren Gedanken. Ein Fahrgast, ein Mann mit grauem Bart und schwerem Mantel, **schimpfte** wütend auf den Schaffner, der sich mühsam durch den Gang zwängte. „Was ist das hier für ein Chaos? Lokführer zu spät, keine Infos, und jetzt soll ich nicht mal einen Kaffee kriegen? Das ist doch kein Service mehr!" Der Schaffner blieb stehen, hob die Hände **beschwichtigend** und erklärte mit einem **gequälten** Lächeln:

„Es tut mir leid, meine Damen und Herren, aber wir haben gerade auch technische Probleme im Bordbistro. Ich gebe mein Bestes."
Maria schüttelte innerlich den Kopf. Dieses endlose Gemecker war typisch — niemand wollte einfach akzeptieren, dass nicht immer alles glatt lief. Und in Deutschland von heute lief überhaupt nichts mehr glatt. Zum ersten Mal gab es sogar **vorgezogen Bundestagswahlen.** Das Land **versank** langsam im Chaos aber nicht nur das Land sie hatte das Gefühl, dass die ganze Welt zurzeit im Chaos versank. Sie sehnte sich nach Frieden und musste an die armen Menschen in den Kriegsgebieten denken. Darüber konnte sie sich aufregen.
Eine Studentin, sagte plötzlich laut: „Ich kann dieses **Gemecker** echt nicht mehr hören! „Sie stand auf und setzte sich in ein anderes Abteil setzte ihre Kopfhörer auf und ignoriere die Situation und die Kommentare Vielleicht war das die klügere Reaktion.

Der Zug hatte schon 20 Minuten Verspätung- und da-endlich-kommt er.

„Der Lokführer kam wie ein **Sonntagsspaziergänger gemütlich** gelaufen, mit einem Becher Kaffee in der Hand, und lächelte in die Runde. Er war die Ruhe selbst."

Der Zug konnte endlich abfahren.

„Typisch Deutsche Bahn," murmelte eine Frau mit rotem Schal und schüttelte den Kopf

Maria beobachtete die Szene schweigend. Sie hatte schon oft erlebt, dass Züge Verspätung hatten — es brachte sowieso nichts, sich aufzuregen.

Als der Zug endlich an Geschwindigkeit gewann und sich die Landschaft vor dem Fenster langsam **verwischte**, atmete Maria tief durch. Hoffentlich kam sie noch einigermaßen pünktlich an. Zum Glück war der Präsenzunterricht nur einmal die Woche und der Rest war online. Sie verbrachte montags mehr Stunden im Zug als im Unterricht. Ihre Schülerinnen auch

Draußen zog eine verschneite Landschaft am Zugfenster vorbei. Hohe Tannen und kahle Laubbäume standen dicht an dicht, ihre Äste schwer beladen mit frischem Schnee. Zwischen den Bäumen tauchen vereinzelt kleine Holzhäuser auf, ihre Dächer weiß bedeckt, aus einigen Schornsteinen stieg Rauch in den kalten Winterhimmel.

Der Zug fuhr immer schneller, das Rattern begleitete die ruhige, fast magische Winterstimmung. Schneeflocken tanzten im Fahrtwind, während die Welt draußen in einem tiefen Weiß versank. Maria dachte an ihre warme Wohnung.

Das Leben, dachte sie, war eben auch manchmal wie dieser Zug: voller Verspätungen, Chaos und Ärger — aber irgendwie kam man doch immer ans Ziel. Auch heute aber halt mit Verspätung.

Maria war endlich in der Schule angekommen und betrat ihr Klassenzimmer. Es war leer. Die Stühle waren noch auf den Tischen. Wo waren ihre Schülerinnen? Ihr Handy blinkte. Sie öffnete ihre WhatsApp Nachricht und las:

" *Mam, sorry wir warten seit einer Stunde am Bahnhof. Es fährt kein Zug nach Frankfurt. Es ist sehr kalt. Eben kam die Nachricht, dass die DB heute Personalmangel hat und viele Verbindungen ausfallen müssen. Wir werden heute nicht zum Unterricht kommen können. Wir laufen wieder nach Hause.*

Maria schloss die Augen und fluchte. Immer diese DB! Überfüllte Züge, kurzfristige Stornierungen und fehlende Informationen verschärften das Chaos. Hohe Ticketpreise, Unpünktlichkeit und ständige Versprechungen auf Besserung ließen Marias Vertrauen in den öffentlichen Nah und Fernverkehr immer mehr sinken.

Sie lief zum Kopierer und bereitete den Unterricht für die nächste Stunde vor.

Worterklärungen Kapitel 3

1. **strahlen** – Etwas oder jemand wirkt freundlich, warm und positiv, z. B. „Ihr Gesicht strahlte Wärme aus."

2. **dezent** – Unauffällig, nicht übertrieben, z. B. „ Ihr Make-up war dezent."

3. **mehrgliedrig** – Aus mehreren Teilen bestehend, z. B. „eine mehrgliedrige Kette."

4. **wohlgeformt** – Schön geformt oder proportioniert, oft für den Körper benutzt.

5. **gedankenverloren** – So tief in Gedanken versunken, dass man die Umgebung nicht bemerkt.

6. **Harmonie** – Ein friedliches, gutes Miteinander ohne Streit.

7. **tröstlich** – Etwas, das beruhigt oder Hoffnung gibt, z. B. „Die stille Harmonie des Paares war tröstlich."

8. **schimpfen** – Sich laut über etwas ärgern und sich beschweren.

9. **beschwichtigen** – Jemanden beruhigen, damit er sich nicht mehr aufregt.

10. **gequält** (Lächeln) – Ein gezwungenes Lächeln, das nicht ehrlich wirkt.

11. **versinken** (im Chaos) – Sich in etwas verlieren, hier bedeutet es, dass das Land immer chaotischer wird.

12. **vorziehen (Wahlen)** – Etwas früher als geplant durchführen, z. B. eine Wahl.

13. **Gemecker** – Umgangssprachlich für ständiges Beschweren und Jammern.

14. **gemütlich** – Ruhig und entspannt, ohne Stress.

15. **Sonntagsspaziergänger** – Ein Mensch, der Sonntags spazieren geht um sich zu entspannen. Hier ironisch gemeint, da der Lokführer schneller laufen müsste.

16. **verwischen** – Etwas wird undeutlich oder unscharf, z. B. die vorbeiziehende Landschaft.

17. **Abenteuer** – Eine spannende, oft unbekannte Erfahrung oder Reise.

Leseverständnisaufgaben Kapitel 3

1. Wie wird Marias Aussehen beschrieben?

2. Wie alt ist Maria tatsächlich und wie alt fühlt sie sich?

3. Welche Kleidung trägt Maria im Text?

4. Warum bewundert Maria ihre Schülerinnen?

5. Was sollten die Schülerinnen als Hausaufgabe vorbereiten?

6. Welches Bild ging Maria nicht aus dem Kopf?

7. Was symbolisiert das ältere Paar für Maria?

8. Wo spielt die Szene hauptsächlich?

9. Warum regt sich der Fahrgast auf?

10. Wie reagiert der Schaffner auf die Beschwerden?

11. Was denkt Maria über die aktuelle Situation in Deutschland?

12. Was macht die Studentin, die genervt ist?

13. Wie viel Verspätung hatte der Zug bereits?

14. Wie tritt der Lokführer auf?

15. Was denkt Maria über Verspätungen im Zugverkehr?

16. Warum war Maria allein im Klassenzimmer?

17. Welche Probleme werden bei der Deutschen Bahn genannt?

18. Wie reagiert Maria auf die Nachricht ihrer Schülerinnen?

19. Was macht Maria, nachdem ihre Schülerinnen nicht kommen können?

20. Wie verbringt Maria ihre Montage hauptsächlich?

Lösungen

Leseverständnisaufgaben Kapitel 3

1. Maria hat lange, glatte, dunkelbraune Haare, einen geraden Pony und ein freundliches Gesicht mit roten Lippen.

2. Sie ist 64 Jahre alt, fühlt sich aber wie 54.

3. Ein elegantes schwarzes Oberteil und eine auffällige, mehrgliedrige Kette mit metallischen Ringen.

4. Weil sie wunderschön sind, lange Haare und bunte Saris tragen und gut kochen und tanzen können.

5. Sie sollten sich eine Choreografie ausdenken, die von den anderen nachgetanzt wird.

6. Das Bild eines älteren Paares am Bahnhof.

7. Es steht für Harmonie, Verständnis und eine liebevolle Beziehung.

8. Im Zug und später im Klassenzimmer.

9. Weil der Lokführer zu spät ist, es keine Informationen gibt und kein Kaffee erhältlich ist.

10. Er bleibt ruhig, hebt beschwichtigend die Hände und entschuldigt sich.

11. Dass vieles nicht mehr funktioniert und das Land im Chaos versinkt.

12. Sie wechselt das Abteil, setzt Kopfhörer auf und ignoriert die Situation.

13. 20 Minuten.

14. Er kommt gemütlich mit einem Becher Kaffee und lächelt – ganz entspannt.

15. Dass Aufregen nichts bringt – sie bleibt ruhig.

16. Ihre Schülerinnen konnten wegen Zugausfällen nicht kommen.

17. Personalmangel, überfüllte Züge, Stornierungen, fehlende Informationen, hohe Preise, Unpünktlichkeit.

18. Sie schließt die Augen und flucht über die DB.

19. Sie bereitet den Unterricht für die nächste Stunde am Kopierer vor.

20. Mit Zugfahrten, da sie montags mehr Zeit im Zug als im Unterricht verbringt.

Wortschatzübung – Lückentext

Ergänze die fehlenden Wörter aus dem Text:

Maria betrat das _____ (1) und stellte überrascht fest,
dass das _____ (2) leer war. Wo waren ihre
_____ (3)? Sie nahm ihr _____ (4) zur Hand,
das bereits blinkte, und öffnete eine _____ (5). „Mam,
sorry, wir warten seit einer _____ (6) am Bahnhof. Es
fährt kein _____ (7) nach Frankfurt."Maria schloss die
_____ (8) und fluchte. Immer diese _____ (9)!
Überfüllte _____ (10), kurzfristige _____ (11)
und fehlende _____ (12) verschärften das Chaos.
Trotz hoher _____ (13) blieb die Bahn unzuverlässig.
Maria ließ sich auf einen Stuhl sinken und seufzte.

„Das Leben", dachte sie, „ist wie eine _____ (14):
voller _____ (15), Chaos und Ärger – aber irgendwie
kommt man doch immer ans Ziel."

Zusätzliche Übung: Synonyme finden

Ein anderes Wort für:

1. Chaos = _____

2. unzuverlässig = _____

3. fluchen = _____

4. überrascht = _____

Lösung zur Wortschatzübung

1. Klassenzimmer

2. leer

3. Schülerinnen

4. Handy

5. Nachricht

6. Stunde

7. Zug

8. Augen

9. Deutsche Bahn / DB

10. Züge

11. Stornierungen

12. Informationen

13. Ticketpreise

14. Zugfahrt

15. Verspätungen

Lösungen: Synonyme

1. Durcheinander / Unordnung

2. nicht verlässlich / instabil

3. schimpfen / sich ärgern

4. erstaunt / verwundert

Epilog

Maria wohnt in Karlsruhe.

Karlsruhe ist eine Stadt im Südwesten Deutschlands, bekannt für ihren fächerförmigen Stadtgrundriss, der vom barocken **Karlsruher Schloss** ausstrahlt. Als Sitz des **Bundesverfassungsgerichts** und des **Bundesgerichtshofs** gilt sie als eine der wichtigsten Städte für Recht und Justiz in Deutschland. Die Stadt bietet eine Mischung aus moderner Architektur und historischen Bauwerken, darunter das Badische Staatstheater und die Pyramide auf dem Marktplatz, das Wahrzeichen der Stadt. Karlsruhe ist auch eine bedeutende Technologie- und Universitätsstadt, insbesondere durch das renommierte Karlsruher Institut für Technologie (KIT). Dank ihrer Lage am Oberrhein genießt die Stadt ein mildes Klima und viele Sonnenstunden, was sie besonders lebenswert macht. Der Schlossgarten und der Zoologische Stadtgarten sind beliebte Erholungsorte für Einheimische und Besucher.

Das Karlsruher Schloss ist das bekannteste Wahrzeichen der Stadt und wurde im Jahr 1715 gebaut. Es liegt im Zentrum von Karlsruhe und bestimmt den fächerförmigen Stadtgrundriss, da die Straßen wie Sonnenstrahlen vom Schloss aus verlaufen. Heute befindet sich im Schloss das Badische Landesmuseum, das viele Ausstellungen zur Geschichte und Kultur der Region zeigt. Der große Schlossgarten hinter dem Gebäude ist ein beliebter Ort zum Spazieren, Entspannen und für Veranstaltungen.

Das Bundesverfassungsgericht – einfach erklärt

Das Bundesverfassungsgericht (BVerfG) ist das wichtigste Gericht in Deutschland und befindet sich in Karlsruhe. Es sorgt dafür, dass die Verfassung (Grundgesetz) eingehalten wird. Das bedeutet, dass es überprüft, ob Gesetze und politische Entscheidungen richtig und fair sind.

Was macht das Bundesverfassungsgericht?

1. Gesetze prüfen → Wenn jemand glaubt, dass ein Gesetz gegen das Grundgesetz verstößt, kann das Gericht es überprüfen.

2. Bürger schützen → Wenn Menschen denken, dass ihre Rechte verletzt wurden, können sie sich dort beschweren.

3. Parteien verbieten → Wenn eine Partei gefährlich für die Demokratie ist, kann das Gericht sie verbieten.

4. Politische Streitigkeiten klären → Wenn sich Politiker oder Behörden über Rechte und Pflichten streiten, entscheidet das Gericht.

Der Bundesgerichtshof – einfach erklärt

Der Bundesgerichtshof (BGH) ist das höchste Gericht für Zivil- und Strafsachen in Deutschland. Er befindet sich in Karlsruhe und entscheidet, wenn es Streit über Gesetze gibt.

Was macht der Bundesgerichtshof?

1.   Letzte Entscheidung bei Gerichtsprozessen →
Wenn ein Urteil von einem anderen Gericht angezweifelt
wird, kann der Fall zum BGH kommen.

2.   Überprüfung von Urteilen → Der BGH prüft, ob
Gerichte Gesetze richtig angewendet haben. Er entscheidet
aber nicht noch einmal über Schuld oder Unschuld.

3.   Einheitliches Recht schaffen → Er sorgt dafür,
dass Gesetze in ganz Deutschland gleich ausgelegt werden.

Der Bundesgerichtshof ist keine neue Gerichtsinstanz,
sondern überprüft nur, ob frühere Urteile richtig waren.
Seine Entscheidungen sind verbindlich für alle Gerichte in
Deutschland.

Die Entscheidungen des Bundesverfassungsgerichts sind
endgültig. Es schützt die Demokratie und die Grundrechte in
Deutschland.

Concetta Pelella ist Sprachdozentin und lebt in Karlsruhe
Sie hat umfangreiche Erfahrung im Unterrichten von
Deutsch als Fremdsprache. Sie ist zertifizierte telc-Prüferin
für die Niveaustufen A1 bis C2 und unterrichtet sowohl
Deutsch als auch Politik in den BAMF-Kursen (Bundesamt
für Migration und Flüchtlinge). Seit März 2024 unterrichtet
sie Deutsch für Pflegefachkräfte aus Indien

Neben Präsenzunterricht bietet sie auch Online-Kurse an
und bereitet ihre Schülerinnen und Schüler auf telc-
Prüfungen vor

Zusätzlich zu ihrer Tätigkeit als Deutschlehrerin unterrichtet
sie auch Italienisch. Sie spricht mehrere Sprachen.

Weitere Informationen zu ihrem Unterrichtsangebot finden
man auf ihrer persönlichen Webseite und ihrem Youtube
Kanal

https://www.concettapelella.de/

www.youtube.com/@concettapelella

Zeitfracht Medien GmbH
Ferdinand-Jühlke-Straße 7
99095 Erfurt, Deutschland
produktsicherheit@kolibri360.de